薛慧瑩——著

一起住在這裡真好

Living Together

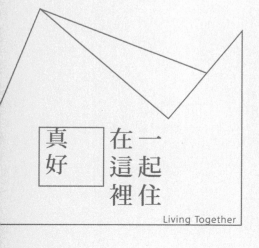

推薦序

歲月靜好的微笑

呂靜雯　VOGUE雜誌副總編輯

最近沙發上、枕邊堆了很多看到一半、不知結局或只翻了幾頁的書。

也下過決心要好好終結一下，但無明顯進展，手機、網路……讓人停頓分心的事情太多。

一個沒戀完、又被下一個吸引，A書B書C書……就像切換頻道一樣沒邏輯的在腦中跳來跳去，如果一本書是一個朋友、一個戀愛的對象，那這些一個個無疾而終、始亂終棄的過程，到底……為什麼會變成這樣？

我想了一下，人與書的相遇其實也存在某種緣分。

我記得自己在看完《最後14堂星期二的課》之後，某一天採訪了這本書的作者Mitch Albom，他告訴我當時幾乎沒有出版社願意出這本書，不知曾聽了多少遍的No，他說「我這一生花了很多時間和即將死亡的人相處……。」垂死的那一刻沒人會去想自己成不成功、錢賺得多或是少，而是會去握住家人或孩子的手，希望他們不要忘了自己。「在最後的時刻，都是關於愛。」

說這段話時，我父親正在加護病房與病魔搏鬥，因為畢竟是進行採訪工作，我忍住臉上的抽搐，淚水一滴、兩滴……全落在心裡。

這本書最後對我來說，連結著父親過世前的記憶，書中面對死亡的課題，對我來說字字句句都是深刻。

雖然不是和每本書的相遇都有這麼戲劇化的過程，不過回想起來，能讀進去又能改變自己的書，如同人與人的相遇，也需要某種天時地利人和的緣分。這個時候沒有，不代表下次相會沒有感覺（又轉頭默默望向那個狼藉的書堆），年少時候喜歡的書和作者，曾經的感動，某一天讀來沒有了滋味，心裡也會唉嘆，原來不是書的問題，是自己的那段經歷那份心境已經遠去。

於是，在對的時間遇到對的書，就跟在對的時間遇到對的人一樣，是一種幸福。

它說的你都懂，而你想說卻不知該如何說出口的話，它都替你娓娓道來。你跟它相看兩不厭的對望，既不是因為它很有名或圖它些甚麼，就是腦裡忘不了它，不願放手。

在讀《一起住在這裡真好》時，我身處信義區的玻璃帷幕辦公大樓，一整天因為在網頁、word、outlook、Messenger、Line、WeChat、WhatsApp 的輪流使用和一心多用，內心有如焦土，但卻能感受到心裡吹拂著陣陣清風。我想是因為作者書裡滿是綠蔭的日常撫慰了我，透過一個家從無到有的對話，觸動了我對生活的思考。如同日升日落，有些恆常的道理反而最簡單又讓人心安。

對我來說閱讀《一起住在這裡真好》就像在正煩躁的天氣，喝到一杯自家種的薄荷茶，突然感悟到：啊，這就是幸福，有些隨手可得的幸福可以自己創造。

焦土之心，得到了甘露。
希望你在對的時候遇到這本書，與它歲月靜好地凝視微笑。

推薦序

家風景。家滋味

許瓊文　小樹的家繪本咖啡館主人

第一次接觸慧瑩的文字書，就走到她的和我的很深很深的心裡。那些關於她生活中的家風景。

看慧瑩的文字就像看她的圖一樣，有著淡而濃的味。淡是因她閱讀起來沒有負擔，濃是因為她帶有後韻。讓人看完後無法忘，還會留在心裡釀呀釀——。也因為如此，從拿到稿子的那天起我用緩慢的步調閱讀著，在一天早餐的開始，又或者一天的結束前，用一種捨不得看完的心情，讓自己享受著與她的對話時光（有時我甚至會停留在她某一張插圖上，就覺得自己是個幸福的人）。

我想像著像她這樣平常羞怯表達自己的人（雖然我也聽說她隱藏著驚人的搞笑功力），要寫這本書是否需要很大的勇氣。在文章中她用像是和朋友聊天般的口吻述說著自己搬家過程的焦慮不安，述說著自己面對不擅長的事情時的糗樣，說著自己常為了生活中的小決定而猶豫老半天……同時還可以寫出接案時覺得最難的是接不接還有報價問題，呵呵！真是一個可愛又誠實的插畫家。

慧瑩的文字除了像朋友般易親近外，也引人感同身受。就像我從她的生活故事中，好似也走了一趟她公公的菜園、遇見了夏天惱人的蟲子、和來福還有娃娃也建立了感情、感受到做陶的平靜，當然也在她家附近的巷弄裡遇見了美麗的風景。片片文字間再搭配上她的插圖，真的是再入味不過了。

文章一篇一篇往下看，我的心也越是平靜。喜歡她說「我常常邊走邊想著這些永遠不會知道答案的問題，而且樂此不疲」，喜歡她說「如同我二十歲想著三十的樣子，三十歲想著四十的樣子，而如今這些我都一一走過了，也慢慢明白其實啊專注過現在的生活才是最重要的。」……是呀！我想生命到了這個階段本來就還是會有迷惑但重點是已能懂得接納呀！當這本書最後停留在〈記憶中的家〉時，我生命中過往的家記憶也一一被喚起，我知道也是該我好好記錄生活的時候了。

真心為慧瑩開心她誕生了一本長得十分貼近她自己模樣的圖文書。現在，我已經開始期待第二本。

作者序

一起共度的時光

我是在二十九歲那年結婚的，現在的我四十歲。

當初結婚的時候，是完全沒有多想什麼，先生說要結婚我就點頭了。這大概也是我的一貫作風，凡事想得少思慮又不縝密。是說想太多或許也就不太會走入婚姻這條路了吧。於是，二十九歲說成熟其實心態還是相當幼稚的我開始踏入了人生中的另一個家，更正確地來說，是我和我先生共同開始建立了一個全新的家。

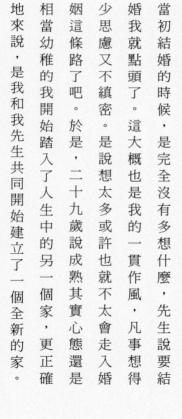

後來，我們陸續為這個家增添了兩名新成員，小孩的降臨，也領著我們進入忙碌著團團轉的家庭生活。因為書寫這本書的緣故，回憶許多過去的生活片段，翻閱過往的照片，看著幾年前的自己如此年輕，才發現原來我時時刻刻總在不斷的老去。每天和自己相處，除了身材（走樣），總覺得這張臉一切如常沒有不同。可是走過的路畢竟不會騙人，時間其實不斷像海水日復一日沖刷石頭所留下的自然痕跡，侵蝕磨損了叫做青春的這個東西。就像每次看到許久不見的藝人再度出現在螢光幕前，一定會聽到哎——他（她）真的老了這句話。這麼說的同時，再看看自己，其實我們也是一樣。真。的。老。了。

也不是說老了有什麼不好，只是以前我不知道我記性這麼差，現在覺得這種症頭越來越嚴重。書裡記錄下的這些事這些心情，再過幾年或許我又會忘得更多了，能留下一些什麼的總是好的。在寫這本書時，我常邊放著雷光夏的《不想忘記的聲音》這張專輯。每每聽到她輕聲唱著〈遠方的鼓聲〉裡「記憶是一道漸模糊的門，在它的後面什麼在等著，你可曾輕輕將它擁抱，再放開了雙手，讓它自由。」我都沒來由地有一種想落淚的莫名情緒。因為書寫的內容，關於我的父母、我的親人、我的孩子、我的生活、我的家，我記憶的點點滴滴。這旅程，你說，會懂得、會遺忘；會失落，也會擁有。那些歌聲就這麼隨著我的寫作思緒，進入我的內心世界，然後似乎也就從中得到了一種潛在的某種療癒。

人生所追求的，無非是多一些快樂的生活吧。再仔細想想，或許應該是平靜的生活。可是平靜可不比快樂容易啊，那需要很強大的穩定內在才辦得到吧，我想。就像出外旅行，吃了美食看過美景，體驗感動愉悅接受新的刺激，最後回到家，身心都感到放鬆，內心還是覺得回家真好。有了這份平靜的心，才能讓旅行的快樂美好適時的令人回味。就像我們一起共度的時光，平淡到常常令人忘記，好似它不存在，卻是生命中如此重要。

目次

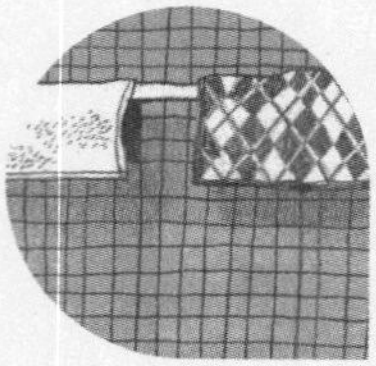

01.

不那麼久以前

總是記不得是哪一年住進現在的家。

當被來訪的朋友問到「住在這裡多久了？」對數字很沒概念的我從來沒辦法準確又清楚的回答這問題。

「是三年嗎？還是四年了？ㄟ——你記得我們是哪一年搬回來的嗎？」

然後轉頭尋求我先生的正確回覆。

後來我生出一個好記的方式，就是以小兒子的歲數再減掉一年，便是我們住在這個家的時間。

住進這個家時，小兒子一歲多，還是走路歪歪扭扭，容易跌跌撞撞的可愛樣子。這麼一想，我們剛開始籌備要蓋房子的那年，大兒子才剛住進我肚子沒多久，隨著漫長的建屋過程，時光匆匆，房子蓋好搬進來這年，連小兒子都躬逢其盛的趕上了呢。

五年前，房子很新，沒有到處蜘蛛網，沒有小孩塗抹牆壁的痕跡；沒有被我張貼照片海報明信片的整面牆，也沒有種滿的屋外植物。

五年後，處處都是這些生活的痕跡。有人說，屋子亂一點比較有人氣、有生活的感覺。我其實是希望家裡盡量整整齊齊的，不要堆滿雜物，不要散亂一地玩具。但是實在太難，如果我不想變成整天嘮叨的媽媽，那也就只能安慰自己，我們家可是到處充斥著生活味啊。

這個家還在蓋的時候，我來看過好幾次。

在更像工地、更亂、到處充斥著各種危險工具的階段，我先生其實不那麼希望我來。因為肚子裡懷著小兒子的關係，他總覺得孕婦還是不要到工地裡比較安全。所以我每次來看這屋子時，總和上次來時又進展到完全不同的階段。我在磚造和圍著木板的牆壁隔間繞來

良時一到，
上樑儀式準備好，
大家向眾神祈求
建屋工程平安順利。

繞去，搞不清楚哪裡是哪裡，先生抱著大兒子耐心的跟我一遍遍的解釋。

「這裡就是玄關，右轉這邊就是客廳。」

「這邊到時候就會是房間的門，那裡是浴室，有沒有你看就是這圖上這邊的位置。」

「喔……那這是幹嘛的？」我指著地上凸出的管子問。

「那是到時候要接水電用的。」

那個時候，
我還不知道這些"空間"
將來會是什麼樣子。

其實我大部分都搞不清楚，只是想要確認什麼時候可以開始挑選我們房間的油漆顏色。在這所有都不是我能決定的地方，那是唯一能讓我感到安心可以作主的事情。

離開時，坐在車裡望向窗外一片茶園中的工地，這個未來的家，那時我還無法對它產生任何感情。

未來的一切對我都是遙遠的模糊想望，而且能不想就不想，究竟是逃避還是只想活在當下就好呢？或許兩者都是。

大門的木框釘出來了，
家的模樣越來越
清楚。

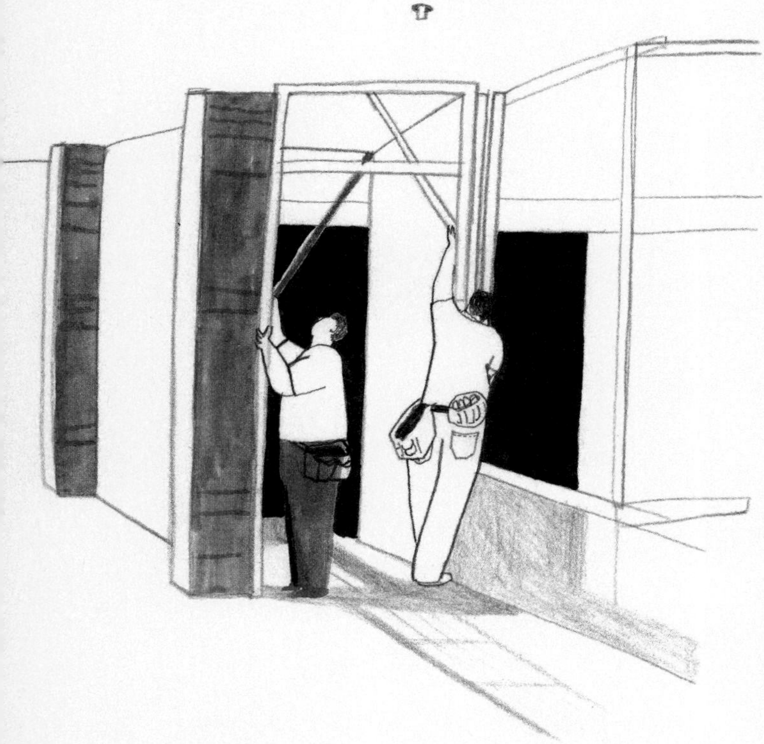

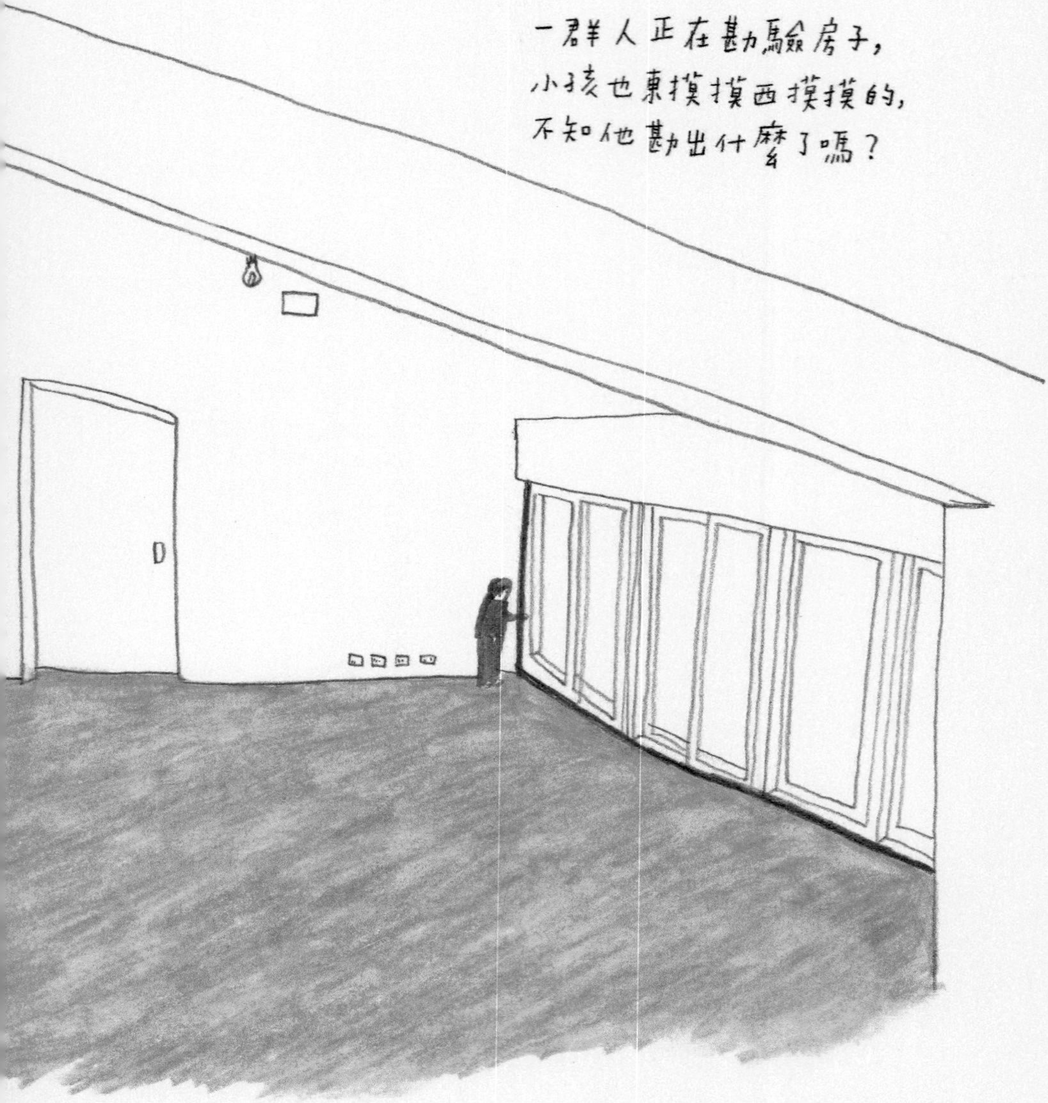
一群人正在勘驗房子，
小孩也東摸摸西摸摸的，
不知他勘出什麼了嗎？

當初先生和家人開始著手要蓋自己的房子時，我內心深處是感到焦慮的。

我有辦法和夫家的家人住在一起生活嗎？

他們會覺得我難相處嗎？我會覺得他們難溝通嗎？我先生有足夠的智慧解決婆媳問題嗎？我又有足夠的智慧面對和他們相處間的摩擦嗎？

我在悲觀的想法裡尋求樂觀的一面，船到橋頭自然直，現在擔心那些還沒發生的事情實在沒有意義。

或許我只是不該將「我」看得那麼重要。

我鳥卵石擋土牆施工，
堆疊起來的石頭
真好看。

02.

從這裡到那裡

房子蓋好後的那個秋天，我們搬了進來。

看好了搬家的日子，也開始著手整理舊家的一切。該打包的、送人的、丟棄的，一一分類。有小孩在，整理速度像龜速般緩慢。面對著已經打包好堆在客廳的十幾個紙箱，怎麼架上東西還是怎麼看都沒有減少的模樣。搬家的整理打包工作好像永無止境的漫長黑夜，很想看到太陽升起的那一刻。

最後衝刺的倒數幾天，只能先將孩子寄在媽媽那，專心的加緊腳步打包。

孩子那時還太小，一個三歲，一個一歲。他們還不懂搬家的感覺。

他們不知道搬家了，就表示媽媽不會再每天帶他們過馬路去買兩罐養樂多，然後櫃台姊姊會送他們一人一顆糖果的那家 seven。

也不知道我們不會再走去斜對面有很多大樹的社區裡散步和溜滑梯了。

更不會再有每個下午，母子三人站在客廳的窗戶前張望，看著沒被櫛比鱗次房子們擋住的那一小段河堤步道上運動的人們。

我們的圖書館借書證也用不上了。

我常跟她買菜的阿嬤和賣水果的阿伯，他們會在有一天忽然想起，怎麼好久沒再見到那位推著小孩來買東西的女人身影了嗎？

想到要離開一個熟悉的地方，不免感傷起來。

搬家那天，一切都是快速的運轉。搬家工人們手腳俐

這些是搬得走的。

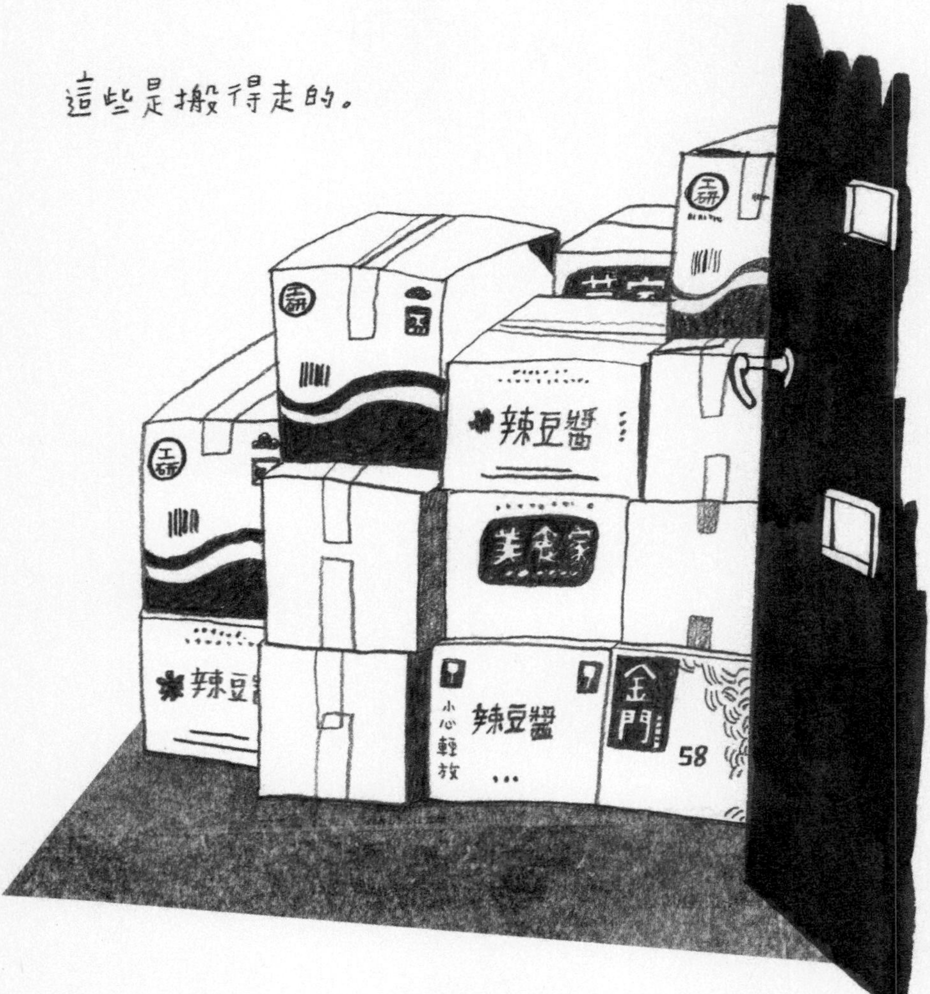

落的搬運過程，整個令人措手不及，我完全跟不上他們的節奏。好像在我還搞不清楚的狀況下，他們已迅速完成了搬家工作。似乎深知只要多留一丁點時間給屋主，屋主就會開始陷入離情依依的情緒裡無法自拔。所以速戰速決是非常重要的。

隔了幾天，再度回到舊家去整理善後。看著這個已經空空蕩蕩的房子，但是其實還是充滿了好多搬不走的故事。

離開前，我在心中慎重的和它說再見。

一切只能留在想念裡了。

新開始的第一天。

Ø3. 持續的功課

搬家的時候，最能領悟對自己而言，什麼東西是需要什麼東西是想要，而什麼東西又是不必要的。

打包搬家物品時，總會無法理解當初自己為什麼會買下某樣東西呢？又某些東西買來只用了幾次就將它束之高閣。用不上的贈品，失去興趣的擺飾品，看來廉價又過時的超商集點商品。要做到完全的斷捨離還真不容易，但是內心告誡自己今後一定要更慎重考慮想要帶回家的東西，結賬前要冷靜的想看看我是否真的

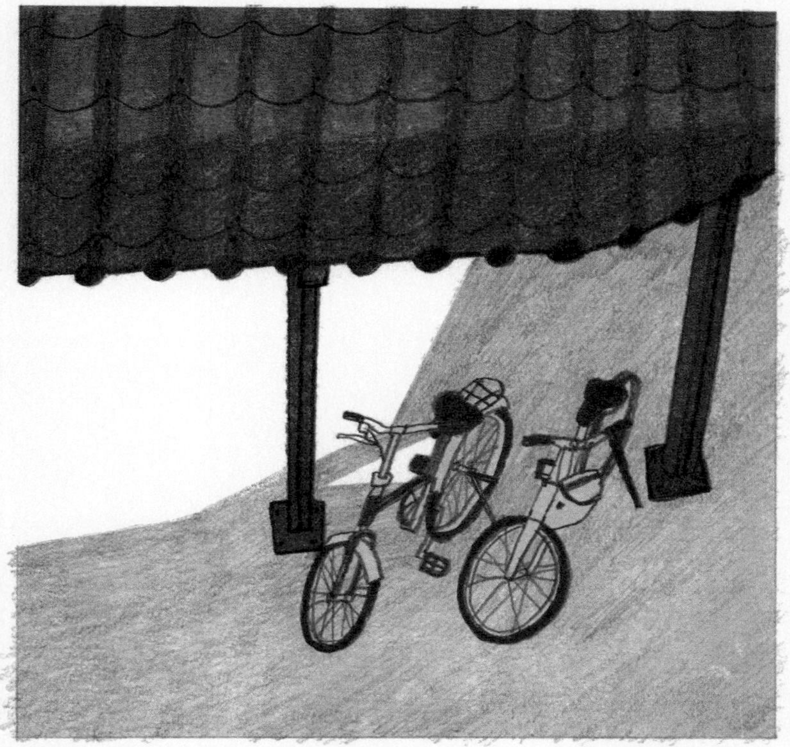

那麼需要它。

搬來這裡五年，閣樓上還堆著一些箱子是當初搬家打包時的東西，至今不曾打開過。而如今，空曠的房子，又被我們慢慢的以各類雜貨物品書籍填補塞滿各個角落，終至每樣東西都因著情感回憶落至難以收拾。

每次打掃家裡時，到底什麼是該留的什麼又是該捨的？我總無法明白釐清。就像自己的情緒整理，許多明明不需在意或很微小的煩惱，總是最容易去放大為難糾結住自己。

到底什麼是最適合現在的自己？我常常思考這樣的問

題。但是這樣的問題，往往是最無解的。

現在的家，應該是會一直住到終老的地方吧！

那時候，不知這個家又會是什麼模樣呢？

如同我二十歲想著三十的樣子，三十歲想著四十的樣子，而如今這些我都一一走過了，也慢慢明白其實啊專注過現在的生活才是最重要的。

人啊！真是一種時常被回憶絆住，但又明白必須不停往前走的矛盾動物。

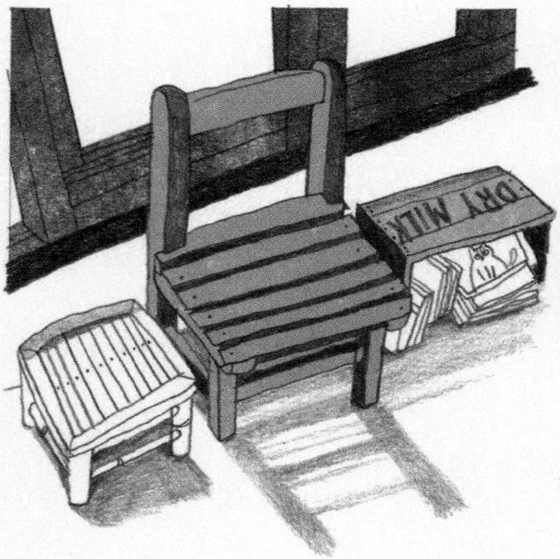
DRY MILK

04.

夜裡的光

記得很久以前和當時還是男朋友的先生有次晚上坐公車回家，他看著車窗外黑暗裡遠處一些燈火通明的社區大樓對我說：「我好喜歡看那些萬家燈火的樣子，我會想每一個燈下都住著一戶人家，每一戶人家都過著他們的生活，而我遠遠地看著這一切，看著萬家燈火裡正在上演著許許多多的故事。我一想到這裡，就會覺得特別感動。」那時，我聽到他這樣說，看著遠方那些明滅閃爍的燈火，忽然也覺得溫暖了起來。

還住在城市裡時，大多時間好像都住在十幾層的電梯大樓裡。有時半夜起床睡不著，會望著窗外看看安靜下來的馬路，看看隔著馬路對面的樓房或更遠的大樓裡還亮著燈光的窗戶。半夜裡亮著的窗戶總是讓我產生很多想像，他們為什麼不睡覺呢？是挑燈夜讀的學子或是熬夜看電視的夜貓子；是為很多心事煩惱而失眠著還是和我一樣忽然睡飽了起來做事的人呢？在靜夜裡，除了暈開的路燈，遙望遠處那些夜裡零星的光成了我夜半奢侈的發呆時光。

那時臨近搬家時間，我在夜裡看著窗外發呆，想著搬家後再也看不到這樣的深夜景象，有點感傷捨不得。看看月亮，看看遠方小小暗暗的101大樓，每天熟悉的影像，離開後好像就將變得陌生又遙遠。那時希望自己永遠記住這一刻的我，多年後的現在確實變得好模糊了。時間總是慢慢悠悠的流動，慢得讓人察覺不到，你以為它一直在那，驀然回首在不知不覺間那些當下都成永遠的過往。

新家的夜晚，只要過了九點外面就好安靜，散步的人們都回家去了。偶爾我家的狗和鄰近的狗們接力的叫著，之後一切又歸於寧靜。有時先生有事去街上雜貨店的家，回來時總說：「外面街上好熱鬧，想想其實也才八、九點，一樣的時間，在我們家這邊卻感覺像是已經十一、二點應該休息睡覺的時候了。」這時間，除了我們家窗裡有光，外面總是一片黑漆，晴朗無雲的夜晚，我才知道天空原來有那麼多星星啊。我想我們家就是這附近最大的光害了。我會呼叫小孩把燈都關了，到院子裡一起來看滿天星星。望著夜空裡那些小而亮的星光，我想著原來我並沒有失去什麼，夜裡的光依然如此靜好。

05.

短暫又漫長的一天

每天的時間，都過得好快。

最近這一年，我常有這樣的感觸。

做插畫工作的緣故，我過著幾乎天天都在家，面對著電腦數位板或草圖本畫紙畫筆度過的生活。慶幸的是，我工作桌前有四扇大窗，窗外是個大陽台，從陽台再往外望，是佇立在院子的老樟樹和遠方的群山以及大片的天空。

幾年前，我們一家還是住在車水馬龍擁擠城市裡，那時我的工作環境是位於頂樓又西晒的一個小房間。到了夏天，家裡高溫悶熱籠罩，不吹冷氣根本沒辦法靜下心工作。

雖然那些年覺得能有一間小工作室已經是相當滿足的事了，但對照現在，對在家工作的我來說，簡直是覺得擁有不可思議的幸福。

每天我最喜歡的時刻，是早上先生送小孩去上學時的那段屬於我一個人的空檔時間。

我會靜靜的坐在客廳長桌前，望著窗外發呆。

清晨的陽光灑落在樹上，微風搖曳著樹葉晃著閃亮光影，鳥兒此起彼落啾啾聲時而遠時而近。

我喜歡這樣的早晨，總讓我覺得活著很美好。

吃過早餐，就上樓工作。如果工作不那麼趕，我會偷空在MOD上看部電影，許多我覺得很好看的電影都是這樣看來的。我喜歡在白天看電影，早上的思緒清明，不管是工作或看書也都是我覺得最有效率的時刻。

真正工作的時間其實很零碎，夾雜在做家事、找資料、上網、小孩放學、吃飯之間。

這一兩年間，我的工作多了起來，插畫工作由本來的副業悄悄取代了主婦的正職。

沒有這樣做好不好的思考，因為它就自然而然的來了，發生了，推著我往前走。

某些夜深人靜的睡前時光，我會想著這些年的變化。

從出版社的安穩工作離職變成全職媽媽，搬到鄉下生活，後來和先生一起走上插畫設計接案工作。

如果當初沒有離開公司會是怎樣？如果當初堅持不搬回來會是怎樣？未來又會是如何呢？

我不知道。

我知道的是我喜歡現在的生活，喜歡現在的狀態。此刻四十歲的自己，往前看往後看好像現在都是最好的狀況。

人情世故也懂得一些了，生活歷練也累積一些了；畫圖能力也訓練一些了，人生價值觀也越來越清楚了。

雖然平庸但是知足。

如果抽離來看，一天天累積的生活就像部縮時影片。漫長的時間流逝，卻是又忙碌又短暫。

Ø6. 公公的菜園

清晨六點左右，我們家門口常會停著一台紅白相間，上面印著隆興商店四個字的小貨車，那是我公公的送貨車。

在雜貨店還沒開門營業前的早晨，他會開著小貨車從雜貨店來菜園做農事。公公的菜園預定地本來是在院子旁的一塊空地，可是全被他用來種果樹了。後來他在家的側邊外圍自己墾了一塊菜園，菜園緊鄰著茶園，有時候茶農阿伯也會來幫他種些東西，像是香蕉啦、竹子之類的。要是遇上節日，雜貨店裡忙，公公沒那麼常來菜園的時候，茶農阿伯要是看到我還會跟我說，什麼菜要趕快採，不然就會老掉了。或是直接把成串的香蕉割下，送到門口，按門鈴叫我出來拿。當然三不五時還會送我們一些自家產的蜂蜜、火龍果、楊梅、洛神花和當季蔬果等。

俗話說「千金買厝，萬金難買好厝邊」，雖然茶農阿伯不是真的住在我們隔壁，但是在這裡種茶種了十幾年的他，對我來說真正就像我們的好厝邊。

雜貨店裡不那麼忙時，我公公一天會來菜園兩次，清晨、傍晚各一次。早上因為要趕回去開店，逗留的時間不長，下午來的話都是做到天黑了才走。看見公公摸黑著做事，我會特意打開家裡靠近菜園那邊的房間電燈，在完全的暗黑之中，一點光亮都是有幫助的，我這麼想。

小孩也常跑去菜園找阿公，他們會先在屋子裡大聲叫：「阿公——」，阿公會從菜園裡抬起頭尋著叫聲方向回應：「又——」，接著他們就衝出去找阿公了。說是去幫忙，但更多時候其實都是幫倒忙。我常會聽到，「這個危險你不要拿喔。」「來，你過去一點，不然會被弄到。」「誒……誒誒，不是這樣用，會被你弄死啦。」「好好好，乖，你們自己去旁邊玩喔。」

有時我從二樓看著他們祖孫三人在菜園裡互動的樣子，覺得很有趣，會趕緊去拿相機拍下他們有趣的模樣。要是被兒子發現了我在偷拍，他們就會朝著二樓陽台的我又叫又跳的呼喊並擺出各種姿勢要我拍下……。

大兒子現在比較大了，可以幫忙做些簡單的活。他上次幫阿公一起種玉米，阿公還會叫他去看玉米成長的狀況，玉米收成的時候，阿公說他有一半的功勞，看得出來他也很有成就感。自家種的玉米，長得不好看數量也不多（蟲兒們也分了一半），但是吃了很安心。

有時想著等下要煮麵，可是家裡沒菜了，我會呼叫小孩和我一起去菜園拔菜，現採現煮可最新鮮不過了。

當然也不是每次去都有菜拔，我也好幾次望著雜草比青菜還高還多的菜園，不知從何下手。

公公種植的菜類，有許多也是小孩或挑嘴的先生不感興趣或是有特殊氣味讓他們敬謝不敏的，像是苦瓜、絲瓜、長年菜（芥菜）、皇宮菜、秋葵、芋莖等等這類的菜，我統歸類於是屬於大人口味的菜。因為其實我自己小時候也不敢吃這些菜，覺得這些菜要不是好苦就是好噁心的味道。

我媽媽還會煮一種菜湯，那種菜帶有一種水溝味，我吃了很怕，每次看見媽媽又煮那種湯，我就會皺著眉頭說怎麼有人會吃這麼可怕的菜啊，根本臭死了。我媽則會氣定神閒的邊吃邊說：「我都不覺得，明明好吃得不得了。」通常她這樣的舉動都讓我的生氣指數瞬間飆高破表。

另外長年菜是過年一定要吃的菜，就算平時怎麼逼我都不肯吃，除夕那天還是會被我爸硬逼吃掉。我媽會用雞湯熬煮一株一株的長年菜，然後我們姊妹每人都會分到很長的一整株，我爸會說不能咬斷一定要一氣呵成整株吃完，才會長命百歲。所以我們要吃之前還都得先深呼吸，然後拚了命連續不斷咬咬咬，直到最後尾巴的部分全吃進嘴裡才能鬆一口氣，這時我爸就會像看好戲似的在旁邊哈哈大笑，好像這是他吃年夜飯時最期待的一個橋段。

現在回想，這片段似乎也成為我小時候最深刻的年夜飯記憶。神奇的是，長大後的某一天，我就忽然開始敢吃小時候不敢吃的這些菜了。彷彿那個「妳已經是中年人」的開關被打開了，飲食的口味不同了，舌頭也起了變化，不好吃的菜變得有滋有味，苦的菜也能從中吃到芬芳，那種後勁帶有一點苦甘的菜餚忽然都覺得是種深度了，原來這就是傳說中的大人味，原來啊我已步入中年。

公公從菜園採了菜，用水桶裝著很豐盛隨性的樣貌拿了過來，常會問我要什麼讓我先挑，其他的就會帶回雜貨店吃，要是有時候收成大好，也會分送給朋友。我挑得少，他總是說多拿點多拿點，給小孩多吃點，自己種的沒用藥，吃了健康。要是剛好回娘家，我也會帶點回去給媽媽。媽媽超愛這種自家種的青菜，越醜越小的她越喜歡。對她來說，那上面就像寫著「我沒用農藥或其他藥劑喔」。

夏天時，我喜歡公公種的小黃瓜，簡單用蒜頭、糖和醋涼拌就好好吃。冬天時，我都會問他可不可以種點茼蒿，如意算盤就是吃火鍋時可以直接去採，而且我們都好愛吃茼蒿，但是外面賣的農藥又很多，公公種的我就放心。自家的菜園出產，就是一種安心的保證。

後來，我公公為他的菜園添購了新的行頭，一個二手貨櫃屋，用來放材料工具的倉庫。我偷偷地幻想，如果拿來改造成一間茶室應該很不錯，在茶園裡的一間小茶室，多有風味。茶園邊是一片雜樹林，裡頭有許多大油桐樹，油桐花開時，整面向著茶園的雜樹林視野望去是一片雪白，襯著湛藍天空和濃綠茶園，景致很美，風吹來油桐花漫天飛舞，菜園裡公公低頭工作，一切如此安靜而美好。

Ø7

蟲子包圍的夏天

夏天的夜晚，各種奇奇怪怪的蟲子就會開始湧入家裡開舞會。尤其是日光燈下，宛如一座大舞池，總是聚集了無數蟲子飛舞。

牠們的壽命都很短暫，每日早上，桌子、樓梯轉角處、窗戶紗窗縫隙裡、陽台地板上常常都是小蟲子的屍體，清也清不完。家裡的蜘蛛也非常多，小蜘蛛大喇牙我都見怪不怪了。有時拿起地上某件許久沒動過的物品時，還常伴著已經成為乾屍的喇牙掉出來。天花板的角落蜘蛛網更是相連到天邊，只能說整個家都是牠們的捕蟲室。要是家裡有客人來訪時，我都好怕他們說出你們家感覺好舒適好乾淨喔時正好抬頭看到蜘蛛們正在辛勤工作的場面。壁虎最讓我頭痛的一點是牠們的大便好多，稍不留意書架和電視櫃上就集滿牠們的大便。蛾的種類林林總總，除了灰撲撲一般居家常見的那種，還有很多身上有著可愛美麗斑點的小飛蛾，是我以前從沒見過的。我喜歡拍下牠們的樣子，覺得畫圖時用得上。更想剽竊牠們的花紋，用在布案設計上。

鍬形蟲最常出現在二樓陽台，而且牠們很容易就四腳朝天在那裡翻啊翻的，我看見了都會很雞婆的幫牠們翻身，但是不知為什麼，一下就見牠又翻回去了，害我常不知道到底要不要再翻牠一次還是任由牠去。大螳螂有時也常停在客廳窗戶邊，牠們的定力超好，常一停就是好幾天，維持著不變的同一姿勢。但是再想到過去看看時，已是躺在地上死掉了。雖然死了但是還是維持著那姿勢不變，好像牠深深睡著只是不再醒來。

而最讓我們全家害怕的小蟲，是長得小小一隻，身上一節一節黑橘相間的隱翅蟲。雖然很不起眼，但是牠的毒液威力超強的，看見牠絕對不能用手把牠打死，因為打死牠的話，隱翅蟲身體裡的毒液會噴出，只要皮膚碰觸到，就會灼痛潰爛長水泡，嚴重程度不一。第一次小兒子被弄到，我們不知情還以為他得了什麼

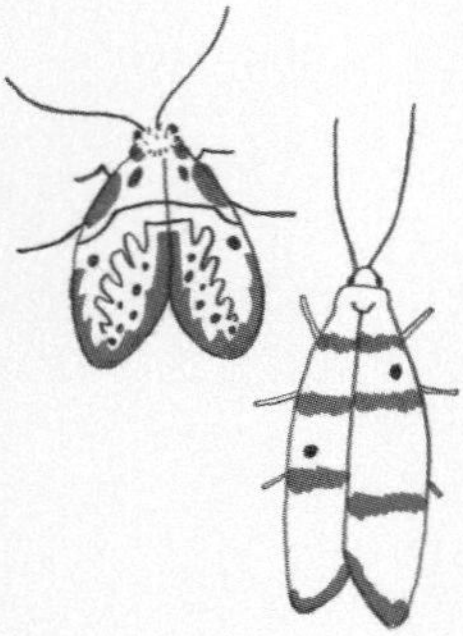

皮膚病，趕快帶他去看醫生，醫生一看就拿出隱翅蟲圖片說兇手就是牠。新聞還有報導過，有人在騎車時意外的讓隱翅蟲跑進眼睛，差點造成失明的可怕事件。我先生的做法是只要看到隱翅蟲，就趕快去拿透明膠帶把牠黏住，讓牠動彈不得，然後再丟掉。他被隱翅蟲弄傷好多次，大部分可能是睡覺時壓到或是下意識的拍打造成的，被隱翅蟲毒液碰觸到的皮膚傷口潰爛裡又有水泡的樣子實在蠻可怕的，所以牠當之無愧地榮登我們家票選最令人聞風喪膽的小蟲第一名。

紅火蟻應該就是第二名了，這一兩年桃園地區紅火蟻擴張的程度相當可怕。我們全家都在草地裡被咬過，火蟻咬人很痛，有點像被蜜蜂叮到的感覺一樣，然後會紅腫長水泡，像我和小兒子可能因體質關係，有時還會腫脹到連鞋子都會穿不下的狀況。當然被火蟻咬到，通常不會只有一隻，牠們動作很快，又是群體動物，一次三、四隻合咬是很常見的，之前看了電影《蟻人》(Ant-Man)，裡面的火蟻大軍非常厲害，忽然有一種牠們很酷的錯覺。而現實裡，牠們實在超令人頭疼的啊！有時想想，人類真的是非常嬌貴脆弱的動物，要住在房子裡，要吃飽穿暖，要發明可以消滅威脅到人類的任何物種的毒藥，這樣我們才得以安心活下去。

去年冬天，有隻蜥蜴在我開浴室的窗戶時掉了下來，牠尖銳的趾甲還劃傷了我的手臂，想必牠本來是想攀在窗框上度過牠的冬天。掉下來後牠就停在洗手台旁牙刷杯附近的角落，我刻意好幾天都把窗戶開個縫，想牠可能會爬走，結果牠應該是很開心終於找到溫暖的冬眠處，一動也不動的在角落度過整個冬天。我和小孩也從一開始用洗手台時的害怕，到後來漸漸習以為常，每天都會觀察牠到底有沒有偷偷改變姿勢。很有趣的是，春天一到，天氣開始變暖，有一天牠就忽然不見了。這麼忽然讓我有點錯愕，畢竟我看了牠好幾個月時光，當然那幾個月裡，就算再冷那個窗戶始終都為牠留了個縫。

然後來說說夏天溜進家裡的小蛇吧。我很慶幸那條小蛇是出現在家中客廳，而不是床上或是其他會讓我崩潰的地方。小蛇在地上緩緩的呈S型爬著，說是爬更貼切的說法應該是扭才是，但是我實在無法一眼看出牠的頭到底是圓的還是三角，我怎麼看牠都像圓和三角的綜合體。那天家裡只有我和小孩在家，我打了電話給先生，沒想到怕蛇的先生要我馬上打一一九請消防人員來處理。

「可是那蛇很小隻耶！」我說。

「不管多小，牠就是隻蛇！」先生語氣堅定的說。

「可是這樣會不會太小題大做了。」我擔心的問。

「不然我先打電話叫爸爸過去看好了。」先生說。

可是，我很怕在公公來之前，那隻小蛇會鑽到我看不見的地方，看著窗外茶園裡的貨車，我決定去找正在外面茶園採茶的茶農阿伯幫忙。

我要小孩坐在沙發上不要下來，但是眼睛要緊盯著那條蛇，要知道牠的位置，然後我跑去外面找茶農阿伯。一群正在採收的工人和茶農阿伯見我小跑步過來，直盯著我看。

「阿伯，不好意思，我們家跑進來一條小蛇，我先生又不在，可以麻煩你幫我們處理一下嗎？」我客氣的詢問。

「好，我去看看。」阿伯親切的回答。

「啊抓蛇找他就對了啦！太小隻的他會生氣喔，他喜歡大隻的啦！」旁邊的工人們說笑著。

阿伯邊走邊順手撿了一根樹枝，跟我說只要朝著蛇頭後面約三個指頭距離的部位用樹枝用力敲下去，牠就昏了。阿伯說得簡單，我可做不到啊！果然阿伯進屋子後，問了蛇在哪裡，小孩說牠已經爬進書櫃下我堆著的陶作工具裡了，阿伯三兩下移開東西，發現小蛇，用樹枝啪啪啪的打了幾下，一切就結束了。

「你看得出來牠有沒有毒嗎？」我擔心的問。

「不知道耶！沒看過這種蛇。」阿伯回答。

然後，阿伯用樹枝勾起小蛇往外走，我跟在後頭向他道謝。心裡卻想著應該打死牠嗎？可是我請阿伯來，不就是要牠死嗎？就在一種又放心又不安的矛盾心情下，我默念著阿彌陀佛，送走了那條小蛇。

這幾天，院子裡看見成群的蜻蜓滿天飛舞著，聽說好像又有颱風快要形成了。夏天也即將接近尾聲，孩子開學去了，蟲子們度過夏日的歡快，終於慢慢安靜下來。

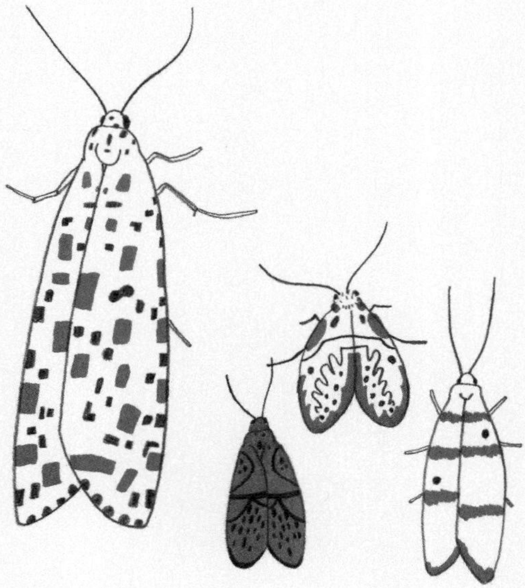

08. 除草

除草時我總是想為什麼雜草的生命力會如此旺盛呢？為什麼我種養的花草就不能像他們一樣隨便長隨便大呢？也是啦，如果這樣，叫園藝店怎麼辦，叫我們怎麼辦，所有的草花都不稀罕了啊，誰還想細細呵護一座庭院？誰還會為了一朵花的盛開感動？誰又還願意去珍惜一草一木呢？

在貧瘠的土地上還能生長的雜草也總讓我感到不可思議，乾巴巴被太陽晒到都龜裂的土地，他們還是可以穩穩當當的扎根生長。要是下了一場雨後，生長的速度更是驚人，簡直就是瘋狂竄出的境界。而除草的工作就像打掃家裡時時拂塵埃一樣永無止境，是那種幾天就需要做一次的例行工作。做的時候感覺身體疲累，但是做完了卻心裡舒暢，當踩著乾淨的地板用著收拾整齊的桌子就像看著雜草去除後回歸清爽的院子，心情倍感順暢愉快。

雨天過後，是拔除野草的大好時機，特別是大花咸豐草。因為我們家的大花咸豐草長得又多又茂盛，很多老莖粗得像小樹苗一樣，根扎得又深，平時可拔不了只好用剪的，待下了幾天雨過後土石鬆軟，便可以只需使上一點力即可拔除掉整株大的。其實咸豐草們開花時，遠遠看過去一整片挺美的，很像我喜愛的白色瑪格麗特。但是一靠過去，頓時被雜亂無章的生長景象給收起剛剛覺得挺美的念頭，不得不邊歎氣邊轉身去拿剪子。

其實還有許多野草都長得很好看，所以我總是任由他們恣意生長。通常是因為會開出可愛的小花，有的甚至微小到用手機想拍也拍不下來的小，一叢叢隱身在草地裡，是我散步時喜歡觀察的小小驚喜。

園藝店裡會賣的銅錢草，在我家也成為野草的一部分了。本來應該是小小圓圓的葉子，像縮小版的小荷葉般莫名可愛。看過有些景觀餐廳將他們作為草地植被

也非常適合，沒想到，我在院子草地種下兩小撮後，他們不知哪來的營養全長成了碩大高聳的圓葉，失去了原本可愛的模樣，還擴張版圖霸占其他植物的位子，除也除不完，只好索性讓他們長吧長吧長吧。

植物有時是這樣，常常越加照顧的總長不好，放生的則茂盛不已。大自然裡的生命法則大抵上就是越呵護的越脆弱，想要生命力強韌就得接受一些適時的磨鍊，這個道理好像放在哪裡都適用呢。

每當公公割除了菜園旁的大量芒草後，會全部集中焚燒，燒成的灰燼還可以混在土裡作為下一次施種的養分。我好喜歡聞這種燒乾草的煙草味，雖然先生都會說趕快關窗戶，不然等下房子裡都會是散不去的煙味。但是我還是拼命吸拼命聞，覺得好香好好聞，是很自然的氣味，屬於鄉間的，屬於泥土的，屬於黃昏的，屬於童年回憶的一種懷念氣息。

09.

植物與我

搬到鄉下來，我想本人改變最大的應該是從鬼見愁的植物殺手變成人見人誇的綠手指吧！

以前，家住城市大馬路邊的十二樓，每每試著在窗戶邊種些植物，想增添一點在城市大樓裡的綠色風景，但是他們總熬不過一季的生命。後來只剩下兩盆將死不死的武竹和唐印，一直被我留在窗台上。最後這兩盆植物也都跟著我搬到新家，我想他們大概覺得這裡就是他們的天堂了吧！因為過了幾年的現在，他們變得健健康康而且越來越茁壯。甚至多了非常多的綠色鄰居，每天快快樂樂的成長。

仔細想想，到底是什麼時候我開始喜歡植物愛上自然的呢？

我覺得環境對人的影響真的很大很深遠。因為現在的家有大院子，有大院子就開始種樹，種樹前就開始看樹、認識樹，注意身邊的樹，看到覺得很美的樹就會去查圖鑑想知道是什麼樹。種了樹，每天看他們成長，樹幹越來越粗、枝葉越來越密，許多昆蟲鳥兒也跑來棲息。和他們建立了感情，慢慢地這樣的感情延伸到路邊的樹、山上的樹、別人家院子裡的樹。只要看到姿態優美的樹，心情就會感覺愉快；看到濃蔭大樹，就會希望他能一直在那裡長命百歲，有機會再來探看他。

至於其他植物，一開始我想試試種些多肉植物。其實想很久了，但是每次在網路上看資料，知道多肉用的土不同於一般的植物，最好的是要混好幾種沙土，還

要能夠很排水。照顧方式也不同，不能常澆水、不要淋到雨、陽光又要充足等等。覺得麻煩所以一直卻步。眼看新家的窗台實在是太適合擺上幾盆綠色植物，於是經由網路知道新竹有一家多肉植物農場後，第一次前往見到數不清的各式多肉品種和他們可愛的樣貌，才知道多肉植物的世界如此浩瀚，自此我就一頭栽進去無法自拔了。

起初先是一小盆一小盆的買，接著開始自己買土混土組盆，然後害蟲開始來了，本來我還想著要和牠們和平共處，覺得大家都是大自然裡的一分子，所有生命都應該被尊重，即使只是一隻微小的介殼蟲。後來發現牠們蠶食鯨吞了一盆又一盆的多肉植物，擴散的速度就像感冒病毒般恐怖。於是我頭也不回的撇開之前腦中建構的美好假象，開始上網查詢除蟲的方式。只是這漫長的除蟲之路，除了原先的介殼蟲，蝸牛、毛蟲、蜘蛛、螞蟻等等也加入搶食領土的陣容。我後來索性以動物的繁殖本能思考，不斷的以葉插、分株繁殖更多的多肉植物。這看似悲觀的對抗方式，其實又樂觀得不得了。幾年下來，家裡客廳外的窗台已經變成我的多肉園區，連自己也數不清到底有多少品種在其中了。

種植物和許多做事情的道理相同，除了興趣，需要的是經驗累積和耐心，如果要問我，要讓植物長得好，最重要的是什麼呢？我會說是適合植物生長的環境，說穿了那也是讓我成為綠手指的真正原因。不是我多厲害，只是環境對了，植物自然順應著陽光風水長得好。

常常看著他們，我總是想，我們能一起住在這裡真好。你們得到充足陽光、新鮮空氣和流動的風，我除了得到這些，還得到看著你們就被療癒的心。

有時候，只是什麼都不做，
靜靜的看著他們。

10.

院子的樹

院子裡有兩棵樹是比我們更早就住在這裡的，兩棵緊緊相依的樹，大的是樟樹，小的是紅楠。

其實紅楠樹一點都不小，只是大樟樹太大了，顯得在他身旁的紅楠看來嬌小。大樟樹的樹形長得非常好看，是整棵開枝散葉的長法，遠看像一把打開的扇子。遇到第一次來家裡的客人，要是說到：「那棵樹真美！」我都會對這樣說的客人無來由的感到親切喜歡起來。大概是會注意到樹的人，應該也是喜歡樹的人吧，喜歡樹也會喜歡植物喜歡鄉下的氛圍吧，那怎麼說我們都是同好啊，我的心中是這麼想。

那棵大樟樹聽先生說是他的阿公年輕時種下的，現在阿公已經不在了，但是樹還在。在我看來這是一種帶著浪漫情懷的事，當初年輕的男人在茶園裡種了一棵樹，每次再來都會看看樹，看著他漸漸的長大，後來帶著小孩來跟小孩說，這是爸爸種下的樹，你看已經長這麼大了。當年的小孩後來又帶著他的小孩來也跟他說，這棵大樟樹啊是當初你阿公年輕時種的喔，已經好幾十年了喔。現在這個小孫子已經成了家就在這裡蓋了房子，摸著院子裡的樟樹對著他的小孩說，你們媽媽說很美的這棵樟樹就是你們阿祖種的呦。

只要一想到，當初種樹的阿公雖然已經不在這世上，可是如今這棵樹陪著我們度過每個春夏秋冬，前人種樹，後人乘涼。在這個院子裡，他是一棵世代傳承的家樹。

後來我們住進來，陸續又種了好多樹。最早是種了排成一排的七棵流蘇，流蘇是種生長很緩慢的樹，春天時樹上會開滿白色小花，一簇一簇細密芳香，所以也有人喚他四月雪。那時為了種樹，常翻看樹木圖鑑和上網找樹的先生，被流蘇迷住了。他想像著整排的流蘇開花的情景一定很美，而且流蘇花還帶有清香，在院子裡走動深呼吸的感覺必定很棒。

確實在還沒種樹前，所有的畫面都得憑藉著想像來做決定，他想著冬天風來的方向要種幾棵可以擋風的常綠樹，門口的迎賓樹姿態要美，圈住院子的鐵網邊種上會開花的樹，樹和樹之間的距離要夠，讓他們長大後有足夠的空間可以伸展。諸如此類的計畫在他腦中想像演練，不過隨著看的樹更多了，住的時間更長了，我們也移過種好的樹。

像是本來種在門口木平台旁的八重櫻後來就移到外圍的碎石子路旁，換種上銀梧（宜梧）。銀梧的葉子近看像是噴上一層薄薄的銀漆，樹形低矮枝幹蟠曲，別有一番古意。我尤其喜歡冬天時銀梧樹上結滿紅色小果實，一顆顆像小燈籠般的可愛喜氣，摘下來可以直接吃，微酸口感，小孩吃的時候都會咂著嘴瞇起眼睛。比起櫻花短暫燦爛，銀梧更是一年四季都可讓人寧靜欣賞。

院子裡另一棵我很喜歡的是櫸樹，我一向喜歡葉子羽狀細小的樹，櫸樹就是這樣的樹。尤其春天剛長出嫩芽的櫸樹真的好美，會讓我從心中湧起一種生活中充滿希望的感動。秋天的風開始帶著寒意時，櫸樹的葉子會在這時轉黃翻紅，然後漸漸隨風飄落，很富詩意。

奇妙的是，這棵櫸樹竟然給了我們買一送一的好康優惠活動。那時我們向他買樹的陳先生來幫我們種樹時，取了一根剛剛他種好櫸樹時修下的枝幹當作固定真柏的支柱，沒想到，這根枝幹卻無心插柳長成了一棵新的櫸樹，這櫸樹就從真柏邊迅速地長成一棵比人還高的樹。我每次看他一眼，心中都要重複講一次真是不可思議這棵樹的生命力。

可是因為當初只是作為支柱用，所以他的根扎的位置不夠好也不夠深，結果那時剛走的樹木殺手——蘇迪勒颱風把他推倒了。我公公聽了種樹陳先生的意見，把倒掉的櫸樹樹幹全都鋸掉，讓他自然的重新再長出新的姿態，很快這段樹幹馬上又長出新的枝椏了，我覺得他真的好了不起，經過這次的跌倒，或許他會更牢牢地抓住泥土，站得更穩。面對大自然，雖然卑微卻更有力量。

兩棵青楓是朋友的朋友介紹下去陽明山買的，陽明山上樹農種了很多櫻花和青楓，因為海拔比較高，所以適合這樣的樹生長。當初我太喜歡青楓了，一直希望先生可以在院子裡種青楓。但是從山上來到我們家的大棵青楓因為是裸根載來，根部沒有土球，以至於前

歲月靜好。

兩年狀況都不是很好，後來又遇蟲害，常看到斷掉的枝幹其實都已被蟲蛀成空心的了。有時我會跟他說說話，希望他可以撐過這些病痛，修身養息等過幾年根扎得更深，成為健康的樹。

另一棵小棵的青楓，被先生重新移植到門外碎石子路口處，我本來很反對移走他，覺得已經不健康了還去動他，不是更讓他不容易存活嗎？沒想到搬了新家的小青楓，反而變得健康得不得了，越長越好精神奕奕，關於保護和放手這件事，我永遠也搞不懂怎樣拿捏才對。

不久我們又買了兩棵樟樹、一棵鳳凰木和一棵楊梅（樹梅），樟樹是我先生喜歡，鳳凰木是我，我公公則是對果樹非常有興趣。他這幾年慢慢的不斷種入很多果樹在院子旁本來預留給他做為菜園的地方，我想他喜歡有經濟產值高的樹木，種果樹對他來說，又會開花又能結果，結的果還可以供家人食用，是一件非常有成就的事情。常常我不知道他這次又搬來什麼果樹，通常要等樹上結果，果子長大了，我才驚呼原來是一棵橘子樹或是桃子樹之類的。

買來的老欉楊梅第一年整樹結滿了紅咚咚的果實，因為果實很容易碰撞爛掉，所以摘下來用水沖一沖，馬上放進嘴巴吃掉是最好的食用方法。楊梅甜甜酸酸的，果肉不怎麼多籽很大顆，要採就要採深紅色的果肉比較甜。不只我們吃，鳥兒也很愛，通常他們吃掉得多。也有人會拿來醃漬成蜜餞或是做成酒、飲料。

只是這麼棒的一棵楊梅，有一年忽然之間整棵樹的葉子全部枯掉，莫名的不知生了什麼病，就這麼死了。感覺他好像是得了樹界的癌症，我們發現時已經到了末期，還想繼續留院觀察的時候，他已經器官衰竭最後終告不治，徒留我的不解和對他的遺憾。過了一段日子，發現距離死掉的楊梅約一公尺距離，長出了一棵新的楊梅出來，好神奇啊，不管是生命的交替還是物種的延續，都讓我這麼覺得。

買樹種樹的事其實都是我先生和我公公做決定，我是

屬於在旁看人吃米粉喊燒的那種旁觀者。不過，認識很多的樹，確實是我從住在這個有院子的家開始。看樹認樹建立起對樹的感情，難過於因為人類的都市開發而被迫犧牲的樹。樹總是安靜，默默看待這一切，我想人世間數十寒暑對他們來說，就像漫長生命的一小段日子。他們就是這樣站在高處看著底下這些紛紛擾擾擾的人們，為了自利為了賺取，不斷恣意破壞予取予求這一片萬物共存的土地。儘管如此，他們還是安靜著，仍然平心靜氣地展現他們的美麗姿態。

作家劉維茵在她寫的書《小村種樹誌》中提到她姑丈說過：「台灣是寶島，是可以種樹吹涼的地方。樹種在哪裡，家就在哪裡。」就像阿公種下的那棵樟樹，我想未來也將成為孩孫們離家後，想起故鄉的家樹。

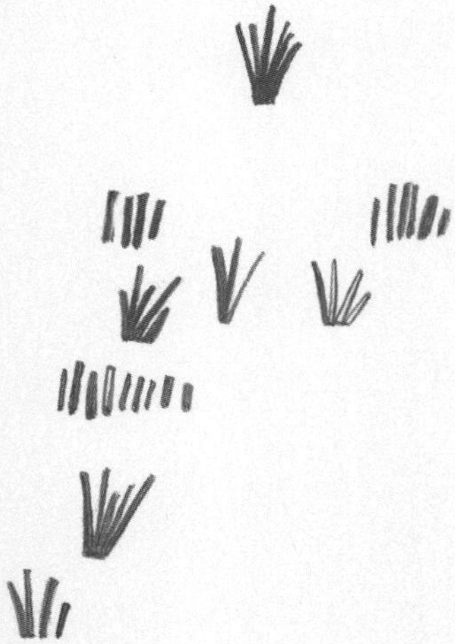

11. 來福與娃娃

我從小就怕狗，除了打從心裡的恐懼，還有身體本能的害怕。完全沒辦法被狗碰觸到身體，不然就會聽到我近乎歇斯底里的尖叫並逃開。這是不是一種病我不知道，但是我知道的是這和討厭狗沒有關係，我不討厭狗，只是怕狗。

朋友知道了都會問說：「是不是妳小時候被狗咬過？」在我印象裡，小時候確實被狗咬過兩次，還有一次是國小一年級在等路隊上學時，一隻狗跳起來咬掉我手上吃到一半的菠蘿麵包。但我覺得這都不是我真正怕狗的原因，真正的原因我也不知道。不過，通常狗主人看到我害怕的樣子都會說：「不用怕！這隻狗不會咬人。」可是，不怕狗的人永遠沒辦法瞭解，我就是打從心底害怕狗，和牠會不會咬人完全沒有關係（當然會咬人的一定更怕）。

所以當先生說他想要養狗時，我真的無法接受。朋友都說你們家太適合養狗了啦！話是沒錯，住在鄉下又有院子的家，鐵定是讓那些租房子、住在城市小公寓裡，很想養狗卻沒有空間養狗的愛狗之人欣羨不已。可是我就是怕狗啊！就像有人對花生過敏，你跟他說花生多好吃，他也肯定不會去吃一樣的道理。

上天畢竟有祂的安排，搬進新家約一個禮拜左右，有一天清早，我小姑從她房間窗戶看到一台廂型車停靠在馬路邊，然後有人從後車廂拿出兩包黑色垃圾袋丟到茶園裡。一開始她以為是沒公德心的人亂丟垃圾，可是再仔細看，發現那些垃圾袋裡好像有東西在動，於是她就叫我先生去看看。我先生走過去茶園一看，發現裡面竟然是兩隻剛出生不久的小狗，便把他們帶回來。

第一眼見到牠們，真的好小好小，一隻很可愛，另一隻的樣子有點奇怪，肚子很大，眼睛凸凸的，身上遍布著皮膚病。然後，小姑騎著摩托車帶牠們去獸醫院檢查。那時，我想這一定要養牠們了吧，沒有別的選擇。沒關係，有我小姑和先生在，照顧狗的事情我應該不用碰吧，我這麼安慰自己。

小狗回來了，生病的那隻，醫生說牠肚子裡滿滿都是蟲，打了針還要按時餵藥，皮膚也要搽藥，而且即便如此也還不確定一定可以存活下來。我公公分別為他們取了來福和娃娃這樣的菜市場名字（雖然我一開始很不願接受這樣的俗名，但是想想照顧狗沒辦法，取

狗名字倒是意見很多的這種人，實在是令人討厭吧？！所以也就默默的接受），大隻長毛的是男生來福，小隻點短毛的是女生娃娃。娃娃就是本來可能活不下來的生病小狗，在小姑的照顧下，牠越來越健康，而且完全不是我們以為的吉娃娃，可是一隻道地的台灣犬，來福則應該是混了黃金獵犬的混種狗。

不知道來福和娃娃牠們的關係究竟是兄妹還是夫妻或

只是朋友呢？總之，彼此可以互相作伴很不錯。放封時間牠們會在茶園奔跑，娃娃常會撿東西回來，大多都是便當紙盒，也有過鞋子帽子之類的，只能說茶園裡會出現的東西還真是應有盡有啊。而來福的長毛上總是黏回一大堆的鬼針草，看了令人又好氣又好笑。

有一次，牠們倆在茶園深處遇到一群流浪狗，來福被狗群裡帶頭的那隻大黑狗咬到受傷回來，帶牠去看醫生，傷口還蠻深的。娃娃倒是沒事，不知是來福保護了牠，還是牠自己跑得快。不過，那一陣子我看到那隻大黑狗在茶園出沒時，走路的樣子也是怪怪的，應該也有被來福咬傷才是。這之後，來福和娃娃都會和牠們保持距離，可能有互相劃清地盤了吧。

養狗的這幾年，我從躲牠們兩隻遠遠的，慢慢敢輕輕摸牠們的頭（這真的是怕狗之人跨出的一大步），到後來小姑結婚搬離開家，有一次先生需要一個人陪他帶狗一起去看獸醫，我只好硬著頭皮和他去，然後幫他拉狗顧狗，我其實好緊張，但是先生說我要是表現的很緊張，狗會感應到我的緊張，牠們也會很不安。所以我一直故作鎮定的說：「娃娃乖，不要亂動喔，媽媽會怕。」小孩都笑我說媽媽好弱，什麼都怕。這是真的，我幾乎什麼動物都怕，好像最不怕的反而是最可怕的人……。

漸漸的我覺得這兩隻狗，就像兩個小孩一樣。而我們家兩個兒子，其實也好像兩隻狗一樣。我常從牠們身上看到小孩的純真，也從小孩身上看到狗狗的可愛。於是在時間裡建立起的感情逐步克服了我的恐懼，我不能說我完全都不怕了，但是我知道自己一點一滴的改變和進步。

去年四月時，娃娃因為生病過世了，我們將牠埋在後院的樟樹下，先生為牠誦經助念，希望牠遠離病痛，一路好走。我則在一旁默默流下眼淚，小孩不瞭解死亡的真正意思，一直問著關於死亡的種種問題。牠走的前一天，小姑回來看牠，一邊不停流淚一邊和牠說話，我總覺得牠見到了最疼牠的人，然後就願意離開了。

好一陣子，我都覺得來福無精打采，雙眼悲傷。或許是我自己的感情投射，或許是來福真的難過，那些日子，我每次看到來福孤單的身影，都會想哭。那時的來福正在接受心絲蟲的藥物治療，去醫院打完針回來的牠，很清楚的可以感覺牠正被藥物在體內殺蟲的作用導致全身非常不舒服，漫長的療程結束後，牠終於又生龍活虎地滿院子奔跑，健康的模樣也感染了我們重新感受生命的喜悅。

在我怕狗的人生中，從沒想過有朝一日會過著有狗相伴的生活，我想這是我和牠們的深切緣分，一定要好好珍惜的。

12. 廚房茶飯事

雖然我常自稱是一位家庭主婦，但是做菜這件事我其實是不擅長的。

說到做菜，我還記得剛結婚不久，我婆婆就曾語重心長的對著我說：「慧瑩啊——你這樣都不會煮飯不行吶。」那時我並不以為意，因為上班的緣故，中午公司有供應午餐，晚餐由於先生工作回來的晚，所以都自己一人外食解決比較方便。直到孩子出生，開始在家帶小孩後，外食反而不方便，才開始了我的「煮婦」

生涯。

最早我的好幫手是一只阿基師代言的不沾鍋，煮菜的新手最怕食物焦掉黏鍋這件事，不沾鍋強調的就是不焦不沾，不管煎魚煎蛋都很容易上手，確實是讓我產生不少信心。只是之後開始出現很多報導，指出不沾鍋用久了，上面的鐵氟龍塗層被刮掉後，會產生很多致毒物質，對身體造成不好的影響。於是在換了好幾個不沾鍋後（只要看到鍋子出現刮痕就神經質的換鍋），我改用了不鏽鋼鍋，但是光是不鏽鋼也分了好幾個等級。最後朋友跟我說，鑄鐵鍋才是最好的選擇，所以最近也換上了似乎可以邊做菜邊練手臂肌肉的鑄鐵鍋。

除了鍋類的選擇，所有的日常柴米油鹽醬醋茶的生活資訊，網路上每天都有看不完的報導。於是為了吃得安全健康，我經常疲於奔命的忙著理解確認交叉比對各種健康資訊，幾年下來，最後我參悟出的心得是：生活在這個世界裡，科技和研究的日新月異造就了今日的良藥也可能成為明日的毒藥這件事，現在的主流，日後可能隨時會被新的研究結果推翻，所以凡事只要太過與不及，都不是件好事。再好的食物也是適量即可，不必攝取過量（敲鐘）。

煮飯煮了幾年，我唯一不曾做過的是油炸食物，不是說我不愛或多養生，主要是用了一堆的油來炸物後，我不知道如何處理那些油。加上我平時用的油也不適合高溫油炸，因此我們家的餐桌上不會出現炸物這種既美味又惡魔的料理。平時因為先生吃素的關係，加上兒子們也沒有非肉不可，所以要是在家吃飯都是以清淡蔬食家常菜為主。我的廚藝是煮給自家人吃還過得去，但是拿不出來招待客人那種（非謙虛），完全沒有拿手的工夫菜、手路菜，對廚藝精進也沒有企圖，屬於只要能多會一點家常菜和料理的小撇步就自我滿足的類型。

以前我會覺得要是先生也會煮飯就好了，這樣可以互相輪流，誰有空就誰做菜。後來發現，我們家先生不會煮菜也沒有不好，因為這樣廚房歸我管，不會有做菜還要被批評，或是對我的料理水準嫌東嫌西的風險。

不過，我們家外食的比例也很高，有時工作忙沒時間煮飯，就常常到外面吃。通常吃了好幾天之後，我內心會覺得每天都讓家人吃又油又不怎麼營養健康的外食而感到良心不安，就會放下工作趕快去買菜，還是得讓他們吃點媽媽牌安心料理才放心。當媽媽是不是都會變得容易瞎操心呢？而生活好像就常在這樣一日三餐吃吃煮煮的日子度過，平淡的幸福滋味就是如此吧。

這幾年，家裡的年夜飯都是由我負責，也算是每年我的廚房重頭戲演出。公婆開的雜貨店全年無休，以前過年年夜飯時間，公公還是和平常一樣，都叫大家先去吃飯，他一人留守櫃台。雜貨店的年夜飯不曾聚集

所有家人圍爐共聚。我們搬回來後，現在除夕夜我做好年夜飯，公婆和阿太（客家話的曾祖母）會暫時打烊從雜貨店回來，難得的四代同堂圍著桌子聊天共吃晚餐。吃完他們會再回去開店準備隔天大年初一要開始賣的禮盒。

一年一度的除夕晚餐，是我這媳婦的重要工作。我會幾天前先開始列菜單，開始採買，過年前的傳統市場簡直是像迎媽祖一樣熱鬧，擠得水泄不通。從市場採買回來都會有一種虛脫的感覺，買回來的菜和水果冰滿整個冰箱，前置作業大抵完成。然後除夕那天從早開始準備的我，因為緊張的緣故，就算備菜工作都做好了也坐立不安，菜都做好了，大家還沒回來，又怕菜冷了還是坐立不安，大家回來了開心吃飯了，我也因為持續了一天的緊張和興奮感繼續坐立不安食不知味。但是看到一家人聚著開心吃飯，心裡覺得很溫暖。婆婆每年對我說我越煮越好吃了的讚美，也讓我心情愉快。

每天早上，我睡眼惺忪地起床，下了樓來到安靜的廚房，開始準備小孩上學前要吃的早餐，動著動著腦袋才開始甦醒。喝了杯水身體才慢慢生出力氣，打開流理台前的窗戶，呼吸到清晨特有的新鮮潮濕空氣才真正清醒過來，眼睛也亮了，開始一天的生活。

廚房對我來說是家裡一個重要的地方，我也喜歡看每

個朋友家的廚房是什麼樣子的，大大小小的不同廚房，
堆疊的是每個主人經年累月的生活習慣和飲食方式。

關於廚房，我覺得是再大也不夠用，但是多小也能煮
的地方。

13. 工作和生活

在家工作的關係，我的生活和工作好像沒有很大的分界，常常是混在一起的。

不過在這郊區的家中，我覺得能在家工作真是件好事，如果一早就要出門上班，晚上才能回到家，感覺有點浪費了家裡的大好陽光、院子的植物和接小孩下課的快樂。

常聽到許多人都希望工作和生活是可以劃分開來，一清二楚互不打擾。如果我是個上班族，肯定也希望這樣。不過，現階段的我，在家工作的我，和生活雖沒有清楚的界限，卻沒有覺得有特別不好，可能是我喜歡這其中的自由吧。

仔細想想在家工作確實是蠻自由的，工作累了可以去小睡片刻或是看看植物，可以很自在的播放想聽的CD，也不會有老闆站在後面看我做事（我一直很怕這件事，會忽然像個不會用電腦全身僵硬的笨蛋），可能因為還蠻陶醉在這種小歡愉裡，所以覺得這樣的生活還不錯。

說到工作，最讓我感到困難的是「到底要不要接這個案子呢？」這樣的事。時間絕對是最大的因素，再者還有這個工作對我有沒有幫助呢？我所謂的幫助，指的是能不能讓我持續進步這樣的附加價值，或許也可以說是這工作有沒有些許挑戰性。很現實的是當我只有時間接一個工作時，有趣或是具挑戰性的工作當然是放在最優先考量的地方。

不過凡事總是好壞相依，越有挑戰性、越在意的工作，常常因為越緊張而有點不知從何做起。其實心裡很明白，心態放得越鬆，越能畫出好圖。但是身體又無法騙過大腦，總是那麼誠實的反映出緊張和僵硬的壓力出來，所以心只好又得一直重複和身體說放輕鬆——放輕鬆，總是會做出來的，不要那麼緊張好嗎。說實在常常光是自己和自己的內心交戰，就已經耗掉許多要拿來思考畫面的腦細胞了。

第二困難的部分，就是「麻煩請你先報價給我」這件事了。從小對數字甚沒概念的我，光是想到報價要考慮進去的案子屬性、大致要花費的工作時間、需付出多少精力的工作內容和難度性等等，究竟要如何把它們全部轉換成數字金額來計算呢？我實在非常的不擅長。

如果可以，我都希望對方可以先給我他們的預算，我再藉由這個已經存在的預算來衡量是否要增加還是持平這個數目。可惜真正能提供我預算的客戶實在少之又少，大部分都是很禮貌回覆無論如何還是得請我報個價才行……。當然在報價之後就此沒有收到任何隻字片語回信的，也讓我逐漸習慣了。對於擅於報價或是很清楚自己的專業價值值多少銀兩的同行們，我真的深深地打從心底佩服他們啊（真心話）。對了，我同事便是屬於此類人物（題外話）。

工作若是遇上不順利時，當然也常因此影響了我的生活，有時因為一封請我在交出去的彩圖進行修改或調整的來信，頓時讓我的心情跌至谷底甚至到了生氣的狀態也是有的。一天的心情毀了，做什麼事都煩躁不已。即使外面陽光再好植物再美，也令我無心享受。這時我常想內心真是個比外在世界更大的宇宙。心情不愉快，花團錦簇也感覺黯淡；心情要是愉悅，颳風下雨也能倍感浪漫。一切萬物由心造，確是如此。我只好一邊不斷告訴自己「佛說：物隨心轉，境由心造，煩惱皆由心生。」一邊慢慢調整心態，面對工作帶給自己的負面情緒。

因為先生也是和我從事類似的工作，我會說類似，是因為雖然都在畫插畫，但我還是覺得我們的工作不完全一樣。我比較偏向接插畫案工作，先生則是希望走向創作繪本為主。

但都在家工作，我便稱呼他是我同事，當自己畫圖畫到有點不知如何繼續下去的時候，就會請同事幫忙看一下。因為通常那個狀態下，都是有點走到死胡同去了，所以當同事給出一個建議時，我就像溺水的人忽然看到一根浮木，死命的趕快抓住，並且這種時候會尊稱他為創意總監。當然我們有時候是彼此的創意總監，有時候又會拜託對方可不可以不要再管我，自己去做自己的事就好。雖是同事，卻是下班後還是得繼續見面的同事，所以不管如何，這位同事還是要和他好好相處培養情誼才行啊。

我心裡還有很感謝同事的一點，就是五年前他帶著我們回到他家鄉生活這件事，離開城市，住在有許多樹許多稻田的地方。那確實讓我的生活有了更多良善的一面，打開更寬廣的五感體驗，也讓孩子得到更好的生活環境和空間。

我總是在工作的時候，看著外面的天好藍太陽好大，心裡想著是不是要把被子拿出去晒呢？今天晚餐煮什麼好呢？開始在心中預習一下冰箱裡有的食材怎麼搭配，等會兒還要先去洗米才行；洗澡的時候，想著待完成的圖用壓克力顏料來畫還是色鉛筆會比較好；摺衣服的時候，想著好像有幾封工作的信還沒回覆給對方，等下記得要去回。生活的最高境界當然是吃飯的時候吃飯，睡覺的時候睡覺才是。凡人無慧根如我的狀態則仍然是緊密不分的每天在生活裡工作，也在工作中生活。

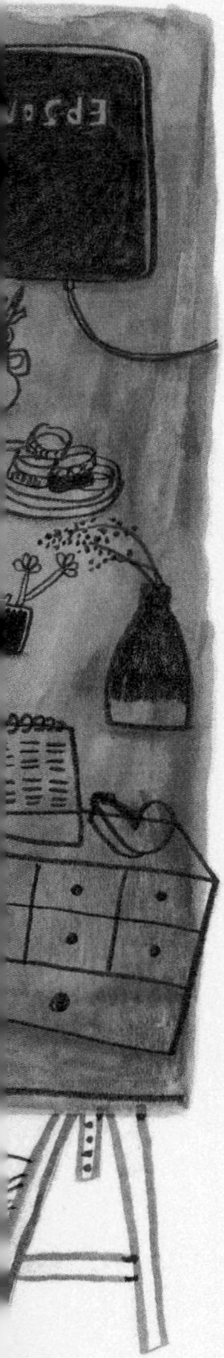

14. 畫畫這件事

一張圖畫好的第一時間，我常常覺得不那麼喜歡。

當然要怎麼定義一張圖畫好了，也是端看個人的決定。要繼續加東加西或左改右改的也是可以，要就此打住其實也沒問題。有時覺得完成了，隔天又覺得哪裡要再改一下也是常有的事。最後也常淪為很細枝末節的修改，只有自己看得出差別那種。

不過，我總在圖畫好後隔了一段時間再打開來看時，才真正喜歡那張圖。

為什麼會這樣？我也不是很明白。

或許是一直畫的那時對它失去了感覺。等到一些時日再看，又覺得它恢復了往日神采。

可能就像人與人之間的相處一樣，每天膩在一起容易生厭，有一點距離反而感情好。

之前，接受採訪時被問過這樣的問題，「住到鄉下的環境，對於你的創作有什麼樣的幫助嗎？」

老實說，在這之前我沒有想過這些，但是被問過之後，就像被這問題制約了似的，我忽然覺得我的創作能量和居住的環境確實存在很大的關聯。

畢竟心開闊了，畫畫這件事也就開闊了。

有時，盯著電腦畫圖畫累了，抬頭望向窗外的那棵大樟樹，風一來，搖曳的樹影裡飛出幾隻鳥。如果脖子伸長點，越過電腦螢幕視線看去的遠山，天氣好時，滿山都是層層分明的樹巒，像看一張影像銳利的高解析大自然照片。天氣不好時，遠山變成水墨畫，只有濃淡山影，山嵐穿梭在山與山的間隙，好像神仙就住在那裡。這是我每天工作時最常看見的風景。

朋友們都欣羨我有這樣的工作環境，我自己當然也是心懷感激。

除了環境，孩子對於我畫畫的影響也是深遠的。不管是和孩子相處之間的親子題材，或是畫面的安排，開始喜歡放入家人（父子或母子或一整家人）。喜歡溫暖的基調，舒服安詳的構圖。我想這都和我是位母親的角色有極大的關聯。

以前我不太清楚所謂風格的形成是怎麼回事，現在慢慢明白畫畫這件事，真的會隨自己的生活習慣、環境、價值觀出發，養成屬於別人觀看你的個人風格。

15. 做陶之事

斷斷續續做陶已經過了五年的我，技巧上並無太多精進，不過得到的收穫倒是不少。

會這麼說是因為基於興趣的開始，所以在這期間並沒有認真鑽研瞭解陶藝技法學，只是單方面耽溺於享受一種純粹的做陶樂趣。而且我其實還蠻喜歡自己的作品中帶著某種不精準的素人之美，比起精緻，我更喜歡樸拙的物品。

一開始想做陶，是因為想做些餐桌上的生活器皿來使用。這些器皿的樣子變化不大，不過用了不同的土和不同的釉料起出的交互作用結果，還是賦予了他們很不同的樣貌。每次都很期待看到完成的器皿燒好的樣子，在一千多度的高溫裡，這些附著在器皿上的釉料是如何如何的和陶土變化交融在一起，產生出各種可能出現的雅致的、亮麗的、暗沉的色彩，一切也都得退溫了開窯了才能一窺究竟，這也是做陶有趣吸引人之處。

我發現我喜歡做的事像捏陶、刻版畫、針線縫，好像都有一個共通點，就是做入神時，會達到一種好像看似不用腦但其實要用腦的境界。也不知是不是此刻大腦裡會分泌某種像是巴多胺之類的分泌物，在進行這樣的手作時，會進入到專注又平靜的世界，雖然在做事但是好像在休息，雖然有一點壓力卻又感覺療癒，總之是一種讓我很難用言語可以概括的感覺。或許每個人都需要這樣的時刻，藉由某種手上的動作，讓身體和大腦得到一種平靜的協調，進入和自己內心獨處的境界，這似乎也和靜坐的道理相通。

所以說來，做陶時，我是處在離我內心距離最近的時刻。

16. 家的模樣

巷弄人家

巷弄裡總有驚喜。

這個驚喜就好像在對統一發票時，看著一堆的數字已經開始出神，忽然這一秒對到手上的發票後三碼和電腦螢幕裡的紅色中獎數字一模一樣時，眼睛頓時一亮，然後趕快再重新仔細確認一次那樣。走在巷弄裡忽然看到一間喜歡的房子就是這種感覺，特別是整理得很好的老房子，有人居住有植物相伴的老房子。

以前外出時，我習慣隨手帶著相機，走路不愛大馬路喜歡走小巷，小巷裡總是有很多好看的風景，只要看著兩旁各式各樣的人家陽台的各種樣貌，走得再遠些我也不覺得累。看到喜歡的房子我會把它們拍下來當作畫圖時的參考素材，並且覺得今天走過這裡真是太好了。現在有了智慧型手機，拍照變得更方便，紀錄這些我喜歡的關於家的樣貌也就更容易了。每一個房子

住著什麼樣的人？什麼樣的人種了那些美麗的花草？什麼樣的人還住在這樣老舊的房子裡？他們的生活方式又是怎麼樣的呢？他們的工作又是什麼呢？他們在這裡到底住了多久了呢？我常常邊走邊想著這些永遠不會知道答案的問題，而且樂此不疲。

田園人家

鄰近我們家不遠處，有個小農村，叫做三水村。

以前偶爾到龍潭找男友（現在的先生），他會騎著機車載我到這一帶兜風閒晃。那時年輕的我還未真正喜歡田園的美好，只單純覺得滿眼的綠頗令人感到舒服。年歲漸長，對城市以外的山林農村景象開始打從心裡感受一股平靜，到鄉間一遊已像是種心靈般的撫慰，看著遠處隱沒在稻田間的低矮磚房更是無限喜愛。

現在我們一家還是常常開車到三水村兜風，馬路邊除了大片的稻田或是雜木林之外，還常有許多條不知通往哪裡的小路繞著坡地蜿蜒而上，隱沒在風吹颯颯的竹林裡，再過去的坡上可能就坐落著幾戶農家，兀自僻靜的自成一處。

有時鄰近馬路邊的人家，隨著季節不同，院子裡攀爬出來的紫藤、九重葛、女貞、炮仗花盛開，或是休耕的農田裡開滿的波斯菊、油麻菜，為寧靜的農村裡增添熱鬧的喧譁，也讓兜風路過的我們滿心歡喜。

17 過什麼樣的生活

你清楚自己想過什麼樣的生活嗎？或者是說，你問過自己這樣的問題嗎？

最近我的生活又規律了起來，早上孩子上學後開始寫書，下午工作直到孩子放學，陪他們寫作業。傍晚在院子裡活動幫植物澆水，偶爾在太陽下山前去散步，晚上做家事、上網，睡前看書。早睡早起，生活平淡，沒有夜生活。這樣看似正常的生活，其實也是長時間慢慢調整、慢慢思考，然後生成最適合現在的自己的生活步調。

年歲漸長，我所想的是最重要的是什麼。

生活裡最重要的是什麼呢？對我而言，是家人、穩定的工作時間、健康的身心。

重要的事情常常是最容易被忽略的，就像呼吸一樣，因為太過平凡了就容易變不在乎。剛剛搬離城市的時候，我還是三天兩頭就往那裡跑，去上課、看展覽、和朋友相約，樂此不疲。幾年過了，生活模式也逐漸改變了，變得能不去城市就不去了，偶爾去趟台北覺得很棒，但更喜歡待在家中哪兒也不去。日常的鄉間兜風（先生開車帶我們在鄉下小路繞來繞去）是我最喜歡的活動，就算是每次都開同樣的路，也會因為不同季節路旁樹上開著不同的花，而常有新意。

曾經一位資深編輯朋友跟我說過，我現在的田園生活會造就我的繪畫呈現一種舒服自在的風格，但我也就畫不出如果是住在城市的小公寓裡的插畫家，能表現出畫面的那種緊張壓迫的特殊戲劇張力了。有得必有失，他這麼說。嗯，我後來想了想，是這樣吧，這就是我選擇的生活方式，也是我對待和觀看生活的方式。

當然，每個人都有你所不瞭解不知道的煩惱，生活總是苦樂參半，這些那些只要是我所選擇的一部分，就

全然接受吧。

18

身為一個媽媽的體悟

有兩個小孩真的是件很有趣的事。會這麼說，是因為我是從觀察者的角度來看。

每個人的生命歷程皆不相同，有些人沒有結婚，有些人不想結婚，有些人找不到理由結婚；有些人結了婚不生小孩，有些人不結婚生小孩，有些人無法生小孩，也有些人生了不止一個小孩。生不生小孩這件事，是有許多變數的。有小孩和沒有小孩的人，體會到的事也不一樣。

因為我已經有了小孩，因此已經失去沒有小孩之人的心情體會資格。所想的都是身為媽媽的角色體會到的各種感受。隨著小孩逐漸成長，我越發感受他們長成完全不同的性格，也就是雖然是同樣的爸媽，同樣的教養方式，卻生出了兄弟兩個差異很大的個體，這讓我覺得非常有趣。

仔細想想，其實誰會和自己的兄弟姊妹個性一樣呢？人本來就是自我的個體，每個人都是獨特的，這是知道的道理。但是知道這個道理和真正瞭解了的感受畢竟是很不一樣的，當我看到都是我生出來的孩子，卻各自發展出不同的個性，還是感到相當的不可思議，於是觀察他們之間不同的差異變成我的一個生活小樂趣。

我也是生了小孩之後，才更認識自己。怎麼說呢，小孩有時就像一面鏡子，你看著他的同時，也像在看著自己，而且照映著的是自己的內心。我們家小兒子的個性和我如出一轍，而且是我先生認證過的。有時候我對他念起小兒子的急性子和壞脾氣，念著念著自己心裡會忽然冒出一個聲音：咦——那不就是我嗎？我不就是那樣子嗎？然後忽然心虛覺得想笑出來，看著先生說：「你現在是不是在想，我根本就是在說我自己。」他總是投以高深莫測的笑容，一付妳知道就好的表情。

這也是讓我覺得有趣的事，因為基因染色體遺傳，我複製出了一個和自己極為相似的小孩，從這小孩身上，我看到自己的性格缺陷，這樣的衝撞也讓我時而反省以前我不覺得有什麼不對的部分。這可是比什麼宗教或心靈書籍教你改變自己都更有效、更深刻。

有一句常被父母拿來說給他們不想生小孩的孩子聽的話，「有了小孩的人生才圓滿」。這句話其實本身很正面，但是被這麼說的人聽了都不會感到舒服，甚至可能嗤之以鼻。

我的理解是，不生小孩人生並不會不圓滿，生了小孩人生也不一定就圓滿，有沒有小孩和人生的圓滿是兩回事。但是我想這句話裡說的圓滿，指的是關於人生中的各種可能微妙體驗，有小孩讓我體驗到的人生絕對是和沒有小孩不同的，小孩出生時的疼痛體驗、新生命誕生的喜悅體驗、照顧小孩的勞累體驗、無條件的愛著孩子的體驗……，這些體驗都是自身經歷來的，無法對外人道的，也無法藉由分享可以被瞭解的。

因著這些體驗，或許更對別人的難處多了包容，對他人的處境多了同理，對自己的父母多了理解和釋懷，這是我身為媽媽之後的小小體悟。

19.

長大後不見的事

小孩的天真和直白極為自然，一點點莫名其妙的小事就可以笑得東倒西歪。常常看到他們笑成那樣的好笑模樣，我也跟著笑出來。

小孩常常充滿疑惑，問出很多我覺得很簡單理所當然但是很難解釋清楚的問題，又或是一解釋起來就會沒完沒了的事情。但是也覺得現在的小孩很幸福，大部分的父母都會願意拿出耐心，盡量解釋讓小孩理解提出的疑問，不像我們小時候，大人總是說：「囝仔人，有耳無嘴。」就把小孩打發掉。也或許就是因為現在的大人，在小時候被那樣對待了，現在不想也這樣對待自己的小孩。

小孩總是充滿活力，眼睛閃閃發亮。我和兒子常去我們家附近的自行車步道散步，說好是散步，他們卻一路奔跑，頭髮在風中飛揚，那肯定是小孩才獨有的快樂自在呀。沒有目的的快樂令我羨慕。

我知道有一天，他們也會長大成為大人，成為現在的我們。然後有很多生活煩惱和工作壓力，可能也會很固執很難相處，或是看待事情有很多批判，常常覺得不快樂。

但是，不管未來怎樣，現在此刻，請就做個快樂的小孩吧。

20.

記憶中的家

有時和先生走在街上或外出吃飯，會看見他微笑和迎面走來的人打招呼，或是順口說出坐在隔壁桌的人是他國小、國中同學之類的話。一開始我對此感到很不可思議，接著想想也沒什麼好大驚小怪的，畢竟我們住在他從小生長到大的故鄉，常遇到小時候的同學也算正常的事。

不過對我來說，因為生長環境關係，走在路上到處可以遇到小時候的同學這種事，根本不可能發生。從小到大搬過好幾次家的我，對於故鄉這樣的情懷其實很薄弱，只能說父母住在哪裡，那裡就是我心裡的故鄉。

而追溯爸爸的故鄉究竟是哪裡呢？我也無法說得很精準，到底該說是澎湖還是高雄呢？因為我阿公是澎湖人，可是我爸是在高雄出生的。這兩個地方我都不熟，但卻都是爸爸的故鄉。

思考這件事的同時，我忽然發覺爸爸已經七十歲了，我卻對他的事情那麼一無所知，印象中也好少聽過他講他的童年往事給我們聽，比較有印象的是小時候我們家開針織工廠，爸爸要是出去應酬喝醉酒回來，就會不斷地說著我們都不知道他的辛苦之類的話。這種時候我們姊妹都會皺著眉頭捏著鼻子嫌惡的走開，一點都不想聽他說那些酒後醉話，只覺得媽媽很可憐，又要處理善後了。

那時的我，小時候的我，完全不能明白也無法理解父母的想法或工作。現在的我，長到這麼大的我，回想起來，那時候的爸媽確實很辛苦，總是埋首超時工作努力賺錢養家，希望給我們好的生活，現在的我心存感激。

我是在北投出生的，排行老二，上面還有一個大我兩歲的姊姊。聽說我出生時，爸爸正好在菲律賓工作，他說那時在國外接到電話，媽媽還騙他說我是個男孩，好像是因為我外婆要媽媽這麼說的，說不然爸爸在國外容易找別的女人那類的話。

我兩歲時因為爸爸工作的關係，全家搬到新莊，六歲時爸爸和朋友合資開針織工廠，我們又搬到了樹林。後來兩個妹妹都是在樹林出生的。在樹林這個小鎮，我們又因家裡工廠換廠房的緣故，前前後後搬了幾次不同的地方。

一直到我復興商工畢業後，台灣的針織產業也漸漸轉移到大陸設置工廠，生意越發不好做。爸爸決定結束了工廠和媽媽一起退休，我們又搬家到泰山，也就是我現在的娘家所在。雖然成長路上搬來搬去，沒離開過大台北地區，但是和先生從小到大都是在同一個地方長大相比，對家鄉的歸屬感就很不相同了。

在我出生地，北投的家，因為年紀太小了我完全沒有印象。只有泛黃的照片裡我和姊姊擠著一起坐在搖搖木馬上的影像供我回憶。以前看著那幾張舊相片，都會把相片裡每一角落看得非常仔細，多希望旁邊的景象能再多延伸出去一些，好讓我可以多看看那時家裡的樣子。不過，因為外婆家也住北投，所以對於北投我還是倍感親切。國小放暑假時，我和姊姊都會回外婆家住上幾個禮拜，那時候還在專科念書的阿姨們和小舅舅都很疼我們，那時也是民歌流行時代，阿姨書桌抽屜裡滿滿的民歌歌本，我常偷拿出來亂編亂唱一

通。院子的龍眼樹，市場的好吃豆花，復興公園的搖椅，冷氣很強的金馬獎大戲院都是我對北投外婆家的夏日童年時光記憶。

新莊的家位於仁愛街裡的公寓四樓，我一直對家裡鐵門上的兩隻互相圍繞的龍浮雕很有印象，好像小時候我盯著它們看的時間很多，以至於現在要是看到這樣的鐵門，我都好有親切感，也會想起小時候的那個家。記得家裡好像很空蕩沒有什麼傢俱，只有簡單的桌子椅子和櫃子，爸爸還曾經用木板釘了一個簡易的溜滑梯放在家裡給我們玩。

那時應該是台灣人人風靡棒球的年代，我記得常睡到半夜，忽然發現身旁都沒人，慌張害怕的跑到客廳一看，原來爸媽都爬起來在看棒球轉播，連還小看不懂球賽的姊姊也在其中。有時我想會不會因為當初覺得自己唯獨被遺漏了，以致於現在全家對棒球沒有太大興趣的也只有我而已。

那時候，媽媽是個家庭主婦，管我們姊妹管得嚴不太讓我們出門，我和姊姊大部分的時間只能在家裡玩，或是趁媽媽午睡時偷跑出去閒晃和偷挖豬公撲滿裡的銅板去柑仔店買糖果，回來再挨一頓打，然後哭得稀哩嘩啦。也因為這樣，每每聽到先生說他小時候爬樹、抓蟲、去池塘游泳等等的童年回憶，我全沒有做過，我的童年完全就是一個都市小孩的樣板。所有好玩的遊戲大多是只存在於我和我自己腦袋裡的想像虛構世界。

樹林的家，我比較有印象的是保安街上的老房子和三俊街的工業區。那時爸爸已經開了針織廠，所以家和工廠都是綁在一起的，家裡還有給工人住的房間，吃飯也都是工人們先吃，我們再吃第二輪。

在保安街的老房子裡，我們寫功課看電視都是在一間只放得下兩張桌子的辦公室裡，一張是爸爸的桌子，一張是會計阿姨的。會計阿姨很不喜歡我們總是在她的工作環境裡玩耍，常常臉臭臭的，我們小孩都怕她。我們家唯一的私人空間是間全家六人睡覺的小房間，所以雖說是家，卻是個和許多人共用的家。

因為是老舊房子的關係，只要一下大雨，家裡有幾面牆壁就會出現小瀑布，雨水常是嘩啦啦也在屋內下了起來，接著順勢流進廚房裡的水溝，水溝則通到廚房後面的稻田。大人為此苦惱、害怕淹水的同時，我們小孩卻笑鬧著覺得看著小瀑布有趣極了。雖說有趣但要是那時有同學說要來家裡玩，我大多不敢讓他們來的，總是覺得我們家又醜又亂又淹水的，實在很丟臉。家裡的老廚房除了有條水溝外，還有一個大灶，只是被廢棄在一旁從來沒有使用過。直至今日，想起那個家，我記憶最深的還是那個又大又陰暗又潮濕偶爾還會有小蛇從磚牆的洞裡探出頭來的老廚房。

後來我們搬到了上學要花更多時間通車的三俊街工業區，那是棟三層樓的建築，一、二樓是工廠，三樓則是我們的住家。剛搬進去時我們小孩都好高興，一個全新的家，擁有正式的客廳、小孩自己的房間（雖然是四姊妹同住一間），還有一個美麗的大魚缸（後來才知道清洗和維護有多麼麻煩）。不過因為是工業區，附近都是工廠林立，環境顯得單調無聊。在這個爸媽都拼命努力工作沒太多時間管我們的匆匆時光裡，我在這個家度過了少不經事的青春期。

爸爸工廠結束之後，我們搬到了泰山，那時候的泰山對年輕且開始嚮往外面生活的我而言，覺得它是一個偏僻又荒涼的台北邊緣鄉鎮，好似大部分的台北人都不曾聽過的地方。我總要花些時間解釋：喔，泰山喔泰山就是在新莊隔壁啦。後來大學四年我去了台中念書，開始上班後，每個工作都離泰山好遠，我常常有種一到公司就已經把一天的氣力都用完了的感覺，於是有很長一段時間我便離開家在公司附近租屋生活。

現在想想，在泰山家裡我好像真正居住的時間並不那麼多，就像小鳥長大離開鳥媽媽的懷抱，往自己的未知人生飛去，終於也構築了自己的家，也開始忙著養育張嘴等待餵食的鳥寶寶，展開生生不息的生命循環。

再回頭看，小孩們漸漸長大的同時，也見證了父母像是以一種一年拍一張同個角度的相片，再用電腦軟體串聯起來快速播放的飛快方式老去。

如今我也來到人生的不惑之年，許多過去的記憶像是動畫電影《腦筋急轉彎》(Inside Out) 裡堆積在腦袋深處被遺棄的記憶球，下一秒可能它們就隨時灰飛煙滅了。我腦海中各個時期的家的記憶，似乎也成了零碎片斷的畫面，很難再拼湊成清楚的全貌。原來許多回憶並沒有隨著長大一起跟來我的身邊，他們被遺留在某個我不曾再去開啟的「小時候」倉庫裡，我甚至連鑰匙都早就弄丟了。看著身旁兩個正在百分百投入玩打仗遊戲的兒子，眼前的一切他們將會記得嗎？如同電影裡，那隻像象又像貓代表純真無憂無慮童年的Bing Bong，在遺棄記憶的谷底化為烏有時，巨大的潮

水忽然向我眼睛湧來，流下令我難以名狀的眼淚，我
知道那裡面包含了許多我曾經得到過的愛與溫暖。

一起住在這裡真好

作者　薛慧瑩
發行人　劉鋆
美術編輯　Rene
責任編輯　廖又蓉
法律顧問　達文西個資暨高科技法律事務所
出版者　依揚想亮人文事業有限公司
經銷商　聯合發行股份有限公司
地址　新北市新店區寶橋路235巷6弄6號2樓
電話　02.2917.8022
印刷　禹利電子分色有限公司
初版一刷　2016年5月／平裝
定價　380元
ISBN　978-986-88400-9-6

國家圖書館出版品預行編目（CIP）資料

一起住在這裡真好 / 薛慧瑩著 .
-- 初版 . -- [新北市]：依揚想亮人文 ,2016.05
面；　公分
ISBN 978-986-88400-9-6（平裝）

855　　105006532

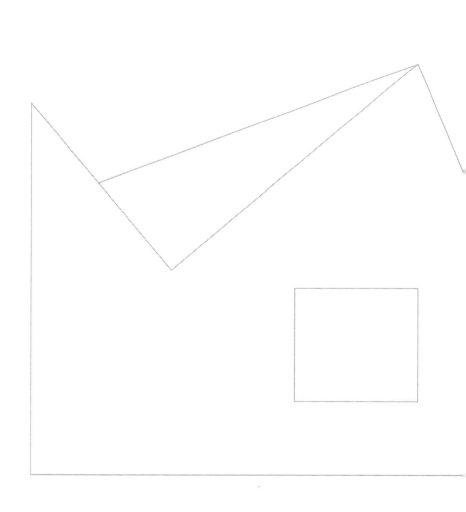